KB238705

동그라미
그리려다

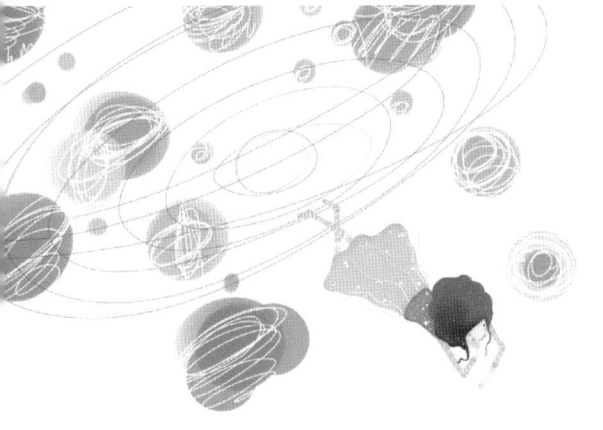

강 공 원 지음

동그라미 그리려다

KSi 한국학술정보㈜

머 리 말

자벌레가 몸을 낮추는 것은 한 걸음 앞으로 더 나가기 위함입니다. 시작의 첫걸음은 서툴러도 거기엔 희망이 있고, 꿈이 있지요. 저 작은 자벌레가 나무 꼭대기까지 올라가려면 많은 시간과 꾸준한 노력이 필요하겠지요.

그런데 그걸 보고 처음부터 걱정을 하는 사람도 있지요. '저렇게 느려서 언제쯤 올라가지?' '너무 힘들어 가다가 포기할 거야.' 하고 단정해 버리는 사람도 있을 것입니다.

그렇지만 자벌레는 그 느린 걸음을 쉬지 않고 걸어 자기의 목적지를 가고 말 것입니다.

"천리 길도 한걸음부터"란 말처럼 한 발짝 한 발짝 꾸준히 가다 보면 희망의 산봉우리는 가까이 다가옵니다.

어린이 여러분! 작은 것에도 관심을 갖고, 주위의 사물에 대하여 자세히 살펴보는 습관을 가집시다. 그리고 좋은 책을 많이 읽읍시다. 그러면 그곳에서 자신 앞으로 해야 할 일을 찾게 될 것입니다. 다시 말해서 자신의 꿈과 희망을 발견하게 될 것입니다.

어린이 여러분들이 이 동시책을 읽고 마음에 평안이 찾아오고 친구들과 우정이 더욱 깊어지며, 부모님의 사랑에 감사하고, 몸과 마음을 튼튼히 가꾸어 자신의 꿈을 꼭 이루기를 바랍니다.

2008. 1 어느 날
지은이 강공원

차 례

🌸 안개꽃 🌸

혼자서는
기쁨이 너무 작아서
같은 생각
같은 얼굴
같이 모여서
뭉게구름 따라서
함께 피는 꽃

혼자서는
반짝임이 너무 쓸쓸해
별수만큼 모여서
함께 피는 꽃

견우직녀 받쳐주는
은하수처럼
장미 나리 받쳐주는
별밭 같은 꽃

운동장

크고 작은 음성으로
가득 찬 운동장

푸른 꿈
웃음꽃이 모여 살아요

도란도란 재갈재갈
공깃돌 놀이

와글와글 바글바글
축구공 놀이

이제 그만
집으로 돌아가세요

산마루
노을 빛 시계
끝 종 울려요

✿ 사랑해 ✿

사랑을 모르는 사람
사랑하고 싶은 사람은
사랑, 사랑, 사랑
휘파람을 자주 불어 봐요

높은 산에 올라
넓은 바다에 나가
사랑해, 사랑해 소리쳐 봐요
사랑이란 메아리가 들려올 때까지

부모님께 친구에게
이야기해 봐요
웃음 짓는 얼굴로
속삭여 봐요
사랑해, 사랑해, 사랑해
행복으로 이어주는
가장 아름다운 말

수수밭에서

산들산들 시원하니
무거워 죽겠다고
따가운 햇살이 좋아
얼굴을 붉히는 게지

여름 내내
뙤약볕 비바람
끈기 있게 잘도
버텨냈구나

고개 숙인 수수이삭
모두 다 그랬지?
오늘은 감사의 기도
올리는 거야
여름을 추억하며

짧아지는 햇살과 함께
산들바람과 함께,
가을의 기쁨을 노래하는 거야
알알이 영근 가을 노래를

김 한 장

"자기가 가장 좋아하는 걸
한 가지씩 그려 보세요"
선생님 말씀에
모두가 화가가 되어
열심히 그리는데,

까만 크레용 들고 망설이던
김만이
혼자서 배시시 웃더니,
까맣게 벅벅 칠한 도화지 한 장

선생님이 깜짝 놀라
"뭘 그렸니?"
"자기가 가장 좋아하는 걸
그리라고 했잖아요"
"그게 뭔데?"
"아침에 내가 먹은 김 한 장이요"
선생님의 얼굴에 미소가 번진다

전학 간 친구에게

너는
내 마음속에
기쁨으로 다가와
해님같이 웃는구나
또 하나의
별이 되어 웃는구나
텅 빈 교실에 앉아 있으면
정다웠던 지난 일이
몹시 그리워
가만히 불러 보는
네 이름 석자

시간이 지난 먼 훗날에도
그날은 잊지 못할 거야
떨어지지 않는
발걸음 뒤로 돌리며
작별의 아쉬움에
목이 메던
전 학 가 던 날

오솔길

오솔길엔
수많은 이야기가 숨어 있어요
옛날옛날 호랑이 담배 먹던 이야기
꽃가마 타고 시집가던
슬픈 누나 이야기도
나무들은 지금까지도 알고 있지요

친구와 다투고
혼자서 걸어오던 오솔길
외로움을 달래 주던
자작나무 숲 오솔길

지금도 그 오솔길엔
정다움과 그리움이
남아 있어요
친구와 나누었던
햇볕 같은 이야기가
남아 있어요

바다

바다는
파도가 있어 좋다

파도 속엔
고래의 큰 꿈이
살아 숨쉬고

파도 속엔
새우의 작은 꿈도
살아 숨쉰다

파란 꿈을 안고 사는
바닷가 친구들

나는
그런 친구들이 그립다

산골 아이들

산골 아이들은
가을을 좋아한다
산 가을
들 가을
교실에다 가져다 놓고
하얀 도화지에
가을을 그린다

반만 벌린 알밤송이
흰머리 억새꽃
노란 향기 들국화

산골 아이들은
산봉우리에서 내려온 가을을
꼭 잡아 놓고 싶어서
꽃병에 꽂아 두고
그래도 아쉬워
그림을 그린다

바 닷 가

바위섬 썰물이 밀려 나가면
갈매기 썰물 따라 나들이 가고
꽃게들 갯벌에서 두 팔 올리면
모래밭 해당화가 손짓을 해요

서쪽 하늘 노을 빛 곱게 물들면
물새 떼 끼룩끼룩 집 찾아가고
통통배 만선되어 돌아올 때면
마을에는 하얀 연기 피어올라요

가장 큰 냉장고

바다는
세상에서 제일 큰 냉장고
어부들만 열고 닫는
푸른 냉장고

우리 아빠 좋아하는 도미도
우리 엄마 좋아하는 꽁치도
내가 제일 좋아하는 오징어도
어부가 바다에서 꺼내 오지요

바다는
하늘 아래 제일 큰 냉장고
파란 김
붉은 다시마
싱싱하게 살아서 보관되는
푸른 냉장고

꿈이 있는 아이에게

꿈이 큰 아이야,
세상에서 가장 귀하고
아름다운 것을 찾으려거든
책을 가까이 하여라

책장과 책꽂이를
꽃밭으로 삼아
책 속에서 지식을 얻고
지혜의 꽃향기를 맡아라

마음에 근심 걱정이 있고
생활에 지쳐 피곤할 때
공해 없는 책의 정원에서
아름다운 풍경을 구경하려무나
그리하면
새로운 기쁨이 솟고
용솟음치는 희망이
너를 만족케 하리라

가을의 소리

미루나무에 걸린
달님이 그네 타는 밤

바스락 바스락
다람쥐 알밤 줍는 소리

졸졸 흐르는
시냇물 소리

낭랑히 들려오는
책 읽는 소리

바스락 바스락

툭툭 떼구르르

달그림자 짧아지며,
가을밤이 깊어 간다

달아, 보았지?

달아,
너는 보았지
양의 탈을 쓰고
아가에게 다가가
과자 사 준다고
꾀이는 유괴범을……

엄마 부르는
아가에게
무서운 얼굴로
칼 들이대며
소리 지르면 죽인다고
위협하는 유괴범을……

달아,
너는 들었지
무서워 울지도 못하고

컴컴한 차 트렁크에서
숨이 막혀 흐느끼는
슬픈 목소리를……

달아 너는 보았지
대문 활짝 열어 놓고
전화기 앞에 꿇어 앉아
가슴 태우며 기도하는
어머니의 슬픈 얼굴을……

놀이터

친구들이 오지 않은
놀이터에는
바람이 그넷줄
흔들다 가고
낙엽이 미끄럼틀에
앉았다 가고

내 친구 영우는
속셈 학원가고
여자 친구 순이는
피아노 학원가고

혼자서 그네에 앉은 나는
밀어 줄 친구가 없어 쓸쓸하고
야구공 던지고 싶은 나는
받아 줄 친구가 없어 쓸쓸하고
친구들이 오지 않는 놀이터,
나 혼자서 쓸쓸하다

아기는 좋겠다

아기는
봄이 오면
꽃들의 친구가 되고
여름이 오면
나무의 친구가 된다

아기가
꽃밭에 가면
꽃들의 친구가 되고
동물원에 가면
동물들의 친구가 된다

아기는
친구가 많아 너무 좋겠다

산은 좋겠다

산은 좋겠다
봄이면
예쁜 꽃 가득
안고 사니,
산은 좋겠다

산은 좋겠다
여름이면
푸른 열매
안고 사니
산은 좋겠다

산은 좋겠다
가을이면
울긋불긋
고운 옷 입어
산은 좋겠다

산은 좋겠다
겨울이면
하얀 이불 덮고 누워
파란 봄꿈을 꾸니
산은 정말 좋겠다

연 잎

연잎은
밤마다
진주 이슬
놀이터 되어 주고

장마 비
긴긴 날엔
청개구리
우산 되어 준다

나 무

나무는
그 파란
가슴으로
산새를 키우고

나무는
밤마다
고운 이슬로
아기 열매를 키운다

참 예뻐요

신발장에 신발이
화분대 위에 화분이
제자리에 놓이면
참 예뻐요

책꽂이에 책들이
장난감 통에 장난감이
나란히 놓이면
참 예뻐요

옷장 속에 옷들이
찬장 속에 그릇들이
크기대로 놓이면
정말 예뻐요

나는 알아요(시각 장애아)

나는 알아요
새싹이 돋는 것 보지 못해도
빛나는 태양을 보지 못해도
종다리 노래 들려오면
새봄이고요
매미 소리 들려오면
여름이지요

나는 알아요
오곡이 익는 것 보지 않아도
흰 눈이 오는 것 보지 않아도
귀뚜라미 노래 들려오면
가을이고요
부엉이 슬피 울면
겨울이지요

🌸🌸 바람의 이름 🌸🌸

봄바람은
꽃바람이지
산과 들에
꽃으로 가득 채우는
꽃바람이지

여름바람은
푸른 바람이지
산과 들에
푸른 색 가득 채우는
푸른 바람이지

가을바람은
오색 바람이지
산과 들에
단풍잎으로 가득 채우는
오색 바람이지

겨울바람은
하얀 바람이지
온 세상 하얗게
흰 눈 내리게 하는
하얀 바람이지

🌿 큰 대로 작은 대로 🌿

키 큰 해바라기는
담장 위로 세상을 밝히고
키 작은 채송화는
노란 꽃 붉은 꽃으로
집안을 아름답게 하지

큰 것과 작은 것은
잘나고 못난 게 아니야,
큰 것은 큰 것대로
작은 것은 작은 것대로
하는 일이 따로 있고
자랑할 게 따로 있지

🎔 미안해 🎔

보도블록 틈새에
빨갛게 핀
쬐그만 풀꽃
가만히 들여다보고 있으니
마음이 평안해진다

'그런데 이름이 뭐지?'

미안해, 미안해
네 이름을 몰라서
정말 미안해

이름 모를 풀꽃

할머니 마음

여름 방학 끝나고
집으로 오는 날

할머니는
비닐봉지마다
할머니의 여름을 가득 담았어요
곡식은 곡식대로
과일을 과일대로
봉지마다 가득 정성을 담았어요

자동차 트렁크에
가득 채우시고
아버지는 바쁘시다
떠나시는데
할머니는 기다리라고
손짓을 해요

"고추장, 된장이 빠졌다"

주어도 주어도
더 주고 싶은 마음
우리 할머니 마음

시간이 문제다

초승달이
보름달 되는 것은
시간이 문제다
밤마다 밤마다
뒹굴며 자란다

아기가
어른 되는 것도
시간이 문제다
한잠 자고 자라고
뛰어놀다 자라고,

초승달이 보름달 되고
아기가 어른이 되는 건
시간, 시간,
시간이 문제다

💐 내 오줌보 시계 💐

교실 벽시계가 멈춰버린 날
"선생님 오줌 마려워요"
선생님이 싱긋 시계를 보시더니
"허, 끝날 시간이군,
모두 화장실 다녀와요"

체육 시간 공을 차며
한참 신이 나는데,
"자, 그만 이제 끝날 시간이야"
선생님 말씀에
그게 아닌데,
내 시계는 아직은
화장실 갈 시간이 안 됐는데
수학 시간에는 정확하고
체육 시간에는 고장 나는
이상한 내 오줌보 시계

🌿 밤 한 톨 🌿

선생님 책상 위에
오똑 앉은
밤 한 톨

누가 갖다 놓았지?
선생님 말씀
아무도 대답이 없다
나는 가슴이 두근두근
얼굴이 화끈 화끈
그런 내 얼굴을 보시며
미소 짓는 선생님,
나는 가슴이 더 뜨거워진다

❀ 관찰법 ❀

날달걀과 찐 달걀의 구별 방법은
책상 위에 가만히 돌려 보면 알지
빙글빙글 잘 돌면 찐 달걀이고
돌지 않고 멈춰서면 날달걀이지요

날밤과 삶은 밤은 어떻게 알지
그건 자세히 살펴보면 알지
닦아서 반들반들 윤이 나면
날밤이고,
윤이 없고 거무스름하면
삶은 밤이라는 거지

내가 할 일은 이것뿐일까?

어른들은
왜 안 되는 일이 그리 많을까?

딱지치기하면 먼지 나서 안 되고
구슬치기하면 흙먼지 묻어 안 되고
컴퓨터 게임하면
눈이 나빠져 안 된답니다

'얌전히 공부하고
학원만 가면 최고인가?'

엄마가 어렸을 때에는
아빠가 어렸을 때에는
골목길이 놀이터이고
들판이 자연 학습장이라 하던데
나에게는
놀이터도 학습장도 없다

비만으로 몸이 무거운 나
턱걸이 한 개도 못하는 나
공부밖에 할 일이 없는 나
세상이 온통 공부뿐이다

추운 날 언니 교실 앞에서

언니 교실 앞에서
오돌오돌
언제 끝나지
끝 종을 기다리는
안타까운 마음

문틈으로 보아도
보이지 않는 교실 안
웃음소리가 궁금한
언니네 교실

무슨 이야기일까?
귀 가까이 대려다
쿵-
가슴이 쿵당쿵당

교실 문이 드르르
"예슬이 왔구나"
따뜻한 교실 안 바람이
얼굴로 확 달려든다
우리 방보다 더 따뜻한
추운 날 언니네 교실

겉만 보면 안 되지

양지 바른 빈 터에
다독다독 묻어 놓고
물뿌리개로 술술술
흙을 적시면
꽃씨는
희망의 꿈을 꾼다

씨는 까매도
빨강꽃이 되겠다고,
씨는 까매도
노랑꽃이 되겠다고

겉이 까맣다고
속도 까만 게 아니야
겉만 보고 판단하는 것은
정말 잘못이야

🌸 작다고 🌸

작다고
깔보는 게 아니야
채송화 씨는 작아도
꽃을 피워 세상을 밝히고,
겨자씨 같은 작은 믿음도
큰 산을 들어 옮긴다고 했지?

작은 꽃씨도
세상을 아름답게 하고
작은 믿음도
세상을 감동시키는
자신만의 할 수 있는
비법이란 게 있지

작다고 깔보면
채송화의 아름다움을 못 보고
작다고 깔보면 세상에서
큰일을 할 지혜를 못 배우지

마음속의 꽃씨 하나

사람마다 마음속에
꽃씨 하나씩만 가지고 있다면
세상은 꽃으로 가득할 거야

꽃마다 모양이 다르고
꽃마다 향기가 달라도
벌 나비는 함께와 춤을 출 거야

세상이 꽃밭처럼 아름답고,
세상이 꽃밭처럼 평온하다면
하느님 말씀하신
천국이 그런 곳일 거야

사람마다
마음속에
꽃씨 하나씩만
가지고 있다면,

전쟁 없는 세상이
바로 될 거야

평화로운 세상이
바로 될 거야

🌺 되고 싶어요 🌺

꽃밭에 가면 꽃이 되고 싶어요
향기로운 꽃이 되고 싶어요

바다에 가면 물고기가 되고 싶어요
푸른 바다 끝없이 헤엄치고 싶은
날씬한 물고기가 되고 싶어요

하늘을 보면 새가 되고 싶어요
거침없이 하늘로 치솟아
세상 끝까지 마음껏 구경하고 싶어요

석류

한여름 비바람에도
끄떡 않더니,
칠팔월 복중에도
꼼짝 않더니,
산들바람 살짝
얼굴 스치니,
그 간지럼
그 기쁨
참다못해서
두터운 입술이
벙긋 웃었다

신 발

내가
밖으로 나가면
끙끙대다가

내가
방안으로 들어오면
하하 웃는다

옹 달 샘

낮이면
산새 들새
물 먹고 가고

밤이면
산노루
물 먹고 가고

여름이면
오색 무지개
다리 놓는 곳

가을이면
단풍잎 손님
쉬었다 가는 곳

옹달샘은
깊은 산속에서도
외롭지 않다

토 끼

쫑긋한 두 귀
새빨간 두 눈
짧은 앞발 들고
오뚝 앉아서

토끼,
아니라고 할까 봐
토끼풀을 먹는다

바다 소리

책상 위에
오뚝 앉은
소라껍데기

푸른 바다 가고 싶어
귀에 대보면
파도 소리, 바람 소리
뱃고동 소리

그립고 보고 싶어
눈을 감으면
만선 되어 돌아오는
통통배 소리

통통배 소리 속에
어부들의 우렁찬
목소리도 함께 들린다

🌸 닮은 이름 🌸

나팔 소리 좋아하는
나팔 꽃씨는
나팔을 불고 싶어
나팔꽃이 되고

해님을 좋아하는
해바라기 씨는
벙글벙글 해가 좋아
해바라기 꽃이 되고

아기 새와 놀고 싶은
조롱 방울꽃
방울새 닮고 싶어
방울 울려요

애벌레

배춧잎 입에 물고
잠든 애벌레
꿈속에서 나비 되는
꿈을 꿉니다

노랑나비 될까?
흰나비 될까?
호랑나비 될까?

호랑이는 무서워
흰나비 되어야지

호랑이는 무서워
노랑나비 되어야지

오 랑 캐 꽃

내 이름은
오랑캐꽃
누가 지었을까?

세수하고
단장을 해도
모두가 쳐다보며
오랑캐꽃

꽃 이름
예쁜 이름
많고 많은데
하필이면 오랑캐꽃
눈물이 나요

조상이 지은 이름은
바꿀 수가 없어
부끄러움 짙어지고
살아갑니다

휴지 한 조각

주울까 말까
망설이다가
신발주머니에 살짝
주워 넣었더니,
앞에 가던 순이가
뒤돌아보고
미화부장 화이팅
함께 웃었다

사월이 오면

해마다 사월이 오면
우리들 마음속엔
봄의 꿈이 가득

꽃이 되어야지
기둥이 되어야지
봄꿈은 언제나
희망이 가득

아빠도 엄마도
새로운 마음으로
다독다독 가슴마다
꿈을 심는다

앞뜰의 목련은
하얀 꿈을 심고
뒤뜰의 복숭아는
연분홍 꿈을 심는다

나는
파란 들 달리는
강물이 되고,
푸른 하늘 나는
자유의 꿈을 심는다

흔들리는 봄

싸리비 흔든다고
겨울인 줄 아니?
아질아질 실눈으로
언덕을 보라

흔들리는 땅

고개 숙여 인사하는 해바라기 언니
모자 쓴 채 인사하는 강낭콩 형제

잔디밭 누런 들에
파란 물감 뿌려 놓고,
어치 벗은 황소 등에
싸리비 싹싹
봄맞이하는 거야
묵은 때를 씻는 거야

놀이터 모래밭

보슬보슬 모래 쌈에
짭조름한 바다 냄새

두 주먹 쥘 때마다
조르르 조르르

모래는
빈 조가비
가슴속에 묻어 두고
촉촉이 젖는 거야
심장까지 젖는 거야

증거는 충분해

엊그제까지
눈부시던 하얀 목련이
남김없이 땅바닥에
널브러져 떨어져 있다

또닥또닥 투타닥
발자국 소리
밤손님이 오셨나
오늘 아침 모두가
나뒹굴고 있다

문 박차고 달려 나가
잡았어야 했는데
겁쟁이 송이는
나가지 못했다

"소리로 생각하면
빗방울이지"

"떨어진 잎을 보면
바람일 거야"
"바람 증거 없음"
"빗방울 증거 분명함"
자세히 살펴보던
탐정 오빠의 말
장독대에 찍혀 있는
흙탕물 흔적 가리키며,
"증거는 이것으로 충분해"

아침

풀잎 위에 이슬이
반짝이기 전
폴짝 뛰어나온
청개구리 한 마리
까만 눈 굴리며
아침 체조하고

동창에 해님이
문안 오기 전
느티나무 가지에
까치 한 마리
꽁지깃 뒤틀면서
꽉꽉
새날이 왔단다

방 울 꽃

실바람이 불어도
조롱조롱
아기 새가 흔들어도
조롱조롱
언제나 같은 소리
조롱조롱

밤에는
별빛이 좋아
조롱조롱
낮에는
해님이 좋아
조롱조롱

언제나 신이 난
방울꽃 친구들

우정의 엽서

산골에서 날아온
빨간 엽서 한 장

잎자루 들고
가만히 살펴보면

그림 같은
학교가 보이고
가르마 같은
오솔길이 보인다

빨간 엽서
책갈피에 꽂아 두고
친구 생각나면
혼자서 꺼내 본다

우정을 이어 주는
단풍잎 엽서 한 장

세 친구

무지갯빛 우산 속
꼬마 세 친구

오른쪽으로 당기면
아이 차가워
왼쪽으로 당겨도
아이 차가워

앞서 가도 안 되고
뒤서 가도 안 되고
나란히 발맞추어
하나 둘 셋

어느 사이
여우비 그치고
해님이 그걸 보고
방긋 웃는다

웃음 한 바가지

텅 빈 방
텅 빈 마당

부지런한
할머니는
들로 나가시고,
강아지는 심심해
낮잠만 자는
시골 할머니 댁

까르르 까르르
내 웃음 한 바가지
혼자 계신 할머니 댁에
보내 드리고 싶다

밤이면 혼자서
너무 쓸쓸한
우리 할머니께
내 웃음 한 바가지
보내 드리고 싶다

식탁 앞에 앉으면

도란도란 식탁 앞에
둘러앉으면
방학 동안 함께 지낸
시골 할머니가 그립다
이 시간 할머니도
진지 잡수실까?
덩그마니 혼자 앉아
무얼 잡수실까?

동수야,
이걸 먹어
텃밭에서 따다 만든
오이 김치야
이건 가지나물,
많이 먹고 튼튼하게
어서 자라야지
주름진 할머니 얼굴
눈에 밟힌다

식탁에 조기 보니
할머니 드리고 싶다
식탁에 감자 보니
할머니가 보고 싶다

때가 있어요

꽃들이 예쁘다고
웃고만 있다면
달콤한 과일은
언제 맺나요

물새들이 즐겁다고
노래만 부르고 있으면
뽀얀 물새알은
언제 낳나요

아기가 귀엽다고
가만있으면
우리나라 지키는
군인은 누가 되나요?

세상에 모든 일엔
때가 있어요

들리는 듯 들리는 듯

새록새록
새싹이 움트는 소리
들리는 듯 들리는 듯

방글방글
꽃들의 웃음소리
들리는 듯 들리는 듯

아질아질 아지랑이
피어오르는 소리
들리는 듯 들리는 듯

봄의 소리는
그렇게 그렇게
들려옵니다

분 꽃

별님이 좋아서
밤에만 피는 꽃

이슬 구슬 굴리며
밤새 놀다가
해님이 반짝하면
눈을 감아요

별빛 받아 반짝
호롱불 켜고
밤새도록 작은 나팔
불어 대다가
해님이 반짝하면
눈을 감아요

내 동생

짜증내다 꾸중 듣고
눈물이 글썽글썽
돌아서다
언니하고 방긋 웃는다

두 손 들고 벌서다가
내가 웃으면
보조개 샘을 파는
귀여운 내 동생

궂은 일은 내가 먼저
좋은 일은 동생 먼저
우리 집 귀염둥이
개구쟁이 내 동생

뿌리가 하는 일

보아주지 않아도
정말 잘해요
컴컴한 땅속에서
정말 잘해요

말랐던 가지에
새싹 트게 하고
잠자는 꽃눈 깨워
향기 담아 주고
여름에는 가지마다
열매 달아 놓고

뿌리는
아무도 칭찬 안 해도
봄부터 겨울까지
자기가 맡은 일을
쉬지 않고 꾸준히
열심히 해요

전 학

전학은
그리움의 시작
정든 학교
정든 교실
정다운 친구들
그리움과 보고픔에
눈물이 나요

전학은
또 하나의 만남
낯선 학교
낯선 교실
낯선 친구들
날마다 날마다
정들어 가요

사랑의 저울

세상에서
사랑을 달 수 있는
저울이 있다면,
우리 엄마 사랑을
달아 보고 싶어요

내 사랑과 엄마 사랑이
똑같다면
엄마의 저울 눈금은
내 저울의 두 배가 되겠지?

아니야, 아니야,
절대 아니야
엄마의 사랑은
끝이 없어서
저울의 눈금은
돌고만 있을 거야

예방주사

팔뚝 걷어 올리고
두 눈 딱 감고
어깨를 쑥 내미니,
하얀 옷 입은 누나가 손을 잡았다

가슴은 두근두근
얼굴은 화끈화끈
따끔 –
벌이 쏜 것 같았다
"꼬마가 용감하네,
이제 다 됐어"
간호사 누나의 말에
눈을 떠 보니,
엄지손가락 치켜세운
선생님이 웃고 계셨다

아픔이 싹 가셨다

바람의 노래

잔디밭에선
낮게낮게
파르르 파르르

버드나무 가지에선
높게높게
팔랑 팔랑

솔숲에선
작은 틈새로
솔솔솔

바다에선
넓게넓게
어깨를 모두 걸고
쏴쏴쏴

바람은
가는 곳마다
노래가 다르다

이름

꽃보다 더 예쁜
이름 있으면
나와 보래요

꽃보다 더 예쁜
얼굴 있으면
나와 보래요

하나님이 지으신
이름 가운데
가장 예쁜 이름은
꽃이라는 이름이지요

말 타 기

고만고만 고또래
돌담 앞에서
말타기 신이나
구슬땀 돋네

말이 된 돌이는
숨 막히는데
등 위에 탄 용이는
화랑이 되어
그 옛날
황산 벌판 장군이 된다

조약돌

파도가 좋아서
바다냄새가 좋아서
바닷가 옹기종기
모여 사는 조약돌

여름 날
뙤약볕에선
가을 꿈을 꾸고

겨울 날
하얀 눈 속에선
푸른 봄꿈을 꾼다

언제나
고운 꿈만 꾸다가
단단하게 굳어 버린
조약돌의 인생

똑같은 소리

한석봉 어머니
떡 써는 소리
맹자 어머니
이사 가는 소리
우리 어머니
공부하라는 소리

모두가
훌륭한 사람
되라는 소리
옛날이나 지금이나
똑같은 소리

공부 잘하라는
소리 소리, 소리

단풍잎 여행

산골의 단풍잎이
여행을 가요
졸졸졸 시냇물 따라
여행을 가요

과수원 길 지날 때는
과일 풍년 이야기 듣고
들녘을 지날 때는
참새들 풍년 노래 듣고

산골 이야기
들녘 이야기
빨간 배에 가득 싣고
넓은 세상 찾아서
여행을 가요

숲 속에서 사는 소리

맑은 소리
고운 소리
숲에서만 산다

콸콸 돌돌돌
시냇물 소리

배쫑배쫑
찌르르르
산새들 소리

솔솔솔 소호올
솔바람 소리

맑고 고운 소리는
숲에서만 산다

채 송 화

그 작은 목에
진주 목걸이 걸고
환하게 미소 짓는
여름 날 아침

바람도 그 목걸이
떨어질세라
조심조심 지나가고
나비도 앉으려다
그냥 지나간다

채송화 작은 목에
진주 이슬 목걸이

가을 편지

산골에서 날아온
엽서 한 장
빨간 손
아기 단풍잎

가만히
단풍잎 손에 들고
눈을 감으면
들리는 듯 들리는 듯
정다운 소리
보이는 듯 보이는 듯
다정한 얼굴

노란 은행잎
팔랑팔랑
순이 얼굴 그리고,
골붉은 감잎
뱅그르르 뱅그르르
할머니 얼굴 그린다

가랑잎 오동잎

가라고 가랑잎
오라고 오동잎

가랑잎은
가을비가 싫어
부엌으로 가고

오동잎은
오돌오돌 춥다고
부엌으로 가고

늦가을 찬바람 타고
가랑잎과 오동잎이
따뜻한 부엌 속을
찾아갑니다

반 달

자고 나면 달라지는
가을 들판 가을 산

누가누가
밤마다
그림 그렸지?
물어보나 마나
별님들일 거야

며칠 전 보름달이
반달이 된 것은
별들이 산과 들에
그림 그려서
보름달 물감이 반으로
줄어든 거야

햇빛의 요술

햇빛 속엔
오색 물감이 들어 있나 봐

텃밭의 풋고추
빨갛게 물들이고

가을 산 나무마다
울긋불긋 물들이고

여름내 참았던
그림 솜씨
가을 되니
여러 가지 색깔로
뽐을 냅니다

대 추

매미 소리 듣고
솔바람 소리 듣고
여름 내내
토실토실 살찐 대추

따가운 가을볕에
알몸 다 드러내 놓고
조롱조롱 알사탕같이
줄줄이 붉어지네

아이들의 입 속에서
둥글둥글 구르다가
아사삭 부서지는
줄 사탕
대 추 알

키가 큰 이유

아침마다 제일 먼저
해님을 보아야
하루가 즐겁다는
해바라기

저녁때는 가장 오랫동안
해님을 보아야
잠을 잘 잘 수 있다는
해바라기

해바라기가
키가 제일 큰 이유를
이제야 알겠다

엄마와 나

엄마가 출발선에
두 주먹 쥐고 설 때
내 가슴이
콩당콩당

내가 달리기할 때도
출발선에 서면
내 가슴은
콩당콩당

엄마가 달리기하실 때도
내가 달리기할 때도
내 가슴이 콩당콩당 뛴다

왜 그럴까?
엄마 마음, 내 마음이
똑같아서
그렇지?

달을 보면

초승달을 보면
초승달처럼 예쁜
눈썹 두 개 갖고 싶고

반달을 보면
반달 같은 송편 만들어
가난한 이웃에게
나누어주고 싶고

보름달을 보면
보름달같이 맑고
깨끗한
평화로운 세계가
되기를 소원한다

🌺 연못 거울 🌺

숲 속
바람이 잠들면

토끼는
옹달샘 거울 보고
'왜 내 눈은
이렇게 빨갛지?
내일부터 늦잠 자지 말고
빨리 일어나야지!'

호랑이도
옹달샘 거울 들여다보고
'왜, 이렇게 나는 무섭게 생겼지?
오늘부터 천사처럼 마음 착한
호랑이가 되어야지!'

나쁜 버릇
고쳐주는 숲 속의 옹달샘 거울

우리나라 일꾼은

우리들의 자람 속에
보호만 받는다면,
온실 속의 꽃처럼
향기가 없을 거야

우리들의 자람 속에
고난이 없다면
숲 속의 나무처럼
기둥이 못 될 거야

이 나라의 기둥은
비바람 이겨내고
이 나라의 일꾼은
고난도 이겨내는
굳세고 튼튼한
어린이가 될 거야

❧ 다 툼 ❧

친구와 다투고
집으로 돌아오는 길
길거리 돌멩이
힘껏 걷어차니
발가락이 아파서
눈물이 핑

겸연쩍어 뒤를
돌아다보니,
멀리서 따라오던
친구가 싱긋 웃어요

아픔을 꾹 참고
손짓을 하니,
친구가 달려와 화해를 하고
휘파람 불면서 집으로 갈 때,
석양에 지는 해도 방긋 웃는다

사 과

촉촉한 봄비 속에
꽃이 피더니,
벌과 나비 사랑으로
열매를 맺고,

농부의 보살핌으로
곱게 자라서
가을 하늘에 빨갛게
수를 놓았다

농부의 희망대로
빨갛게 익은 사과

달콤하고 새콤한
맛이 입 안에 가득
사과는 그렇게
익어 갑니다

쪽지 편지

선생님 눈을 피해
날아온 쪽지 편지

두근거리는 가슴으로
가만히 살펴보니,
"난 너를 좋아해"
귀밑까지 뜨거워지며
가슴이 콩당콩당

우정을 이어주는
사랑의 쪽지 편지

크레용

크레용은
내 마음을 잘도 안다

내가 새싹을 그리면
봄이 오고,
내가 푸른 바다 그리면
여름이 온다

크레용은
내 생각을 잘도 안다
내가 산과 들에
울긋불긋 오색을 칠하면
가을이 오고,
내가 장독대에
소복이 쌓인 하얀 눈 그리면
겨울이 온다

붕어의 소원

매일 먹고 노는 일은
정말 싫어요

비좁은 어항 속에서
하루 종일 왔다 갔다
너무 심심해요

가짜 물레방아도
나는 싫어요
무지갯빛 오색 풀도
나는 싫어요
답답하고 쓸쓸해서
나는 싫어요

물 맑고 깨끗한
시냇물이 좋아요
수초가 살아 있고
친구들이 모여 사는
강물이 좋아요

내가 살 곳은
답답하고 비좁은
어항 속이
아니랍니다

행복한 동네

꽃들은 꽃이 좋아
꽃밭에 모여 살고

산새들은
산이 좋아
산에서 모여 살고

물고기는
물이 좋아
물속에서 살고

고만고만 고또래
골목길에서
해가 떠도 달이 떠도
모여 노는 동네
그런 동네가
세상에서 제일 좋은 동네

허수아비

투구 대신 밀짚모자 쓰고
활 대신 방울 하나 들고
바람 따라 딸랑딸랑
성치 못한 한쪽 다리로
힘겹게 버티고 서서
벼들이 고맙다고
인사할 때까지,
참새가 날아오면 딸랑딸랑
까마귀가 날아와도 딸랑딸랑
제 할 일만 다하는 허수아비는
들판을 혼자 지키는 외로운 장군

또 하나의 나

나와 똑같은 내가
또 하나 있어서 나는 좋다
수학 시험 잘 못 보고
집으로 돌아오던 날
텅 빈 방이 너무 무서워
엄마가 좋아하는 거울을 보니
눈물을 글썽이는 또 하나의 나

거울 속의 친구가 미소 지으면
나는 어이가 없이 픽 웃는다
'그래 다음에 잘하면 되지'
'암 그렇고 말고'
두 주먹을 불끈 쥐는 거울 속의 나

쪽지 반성문

한 번, 두 번, 세 번
접고 또 접으면
꼬리 달린 제비가 되는 거야

두근거리는 가슴
떨리는 손으로
적어 놓은 반성문 쪽지

엄마가 읽으시면
화가 나실 거야
그래도 내 잘못을
정직하게 적어 놓았으니,
용서해 주실 거야

식탁 위에 올려놓고
놀이터에 와서 용서를 빈다

엄마,
내 마음은 쪽지의
아랫부분이야

'엄마 사랑해'

눈물이 나오려고 한다

친구가 장난을 거는데 선생님께서
나를 똑바로 보실 때
나는 괜히 가슴이 뛰고
눈물이 나오려고 한다

국어 시간 손을 들 때
시켜 주시지 않더니,
조마조마한 수학 시간
번호를 불러 나를 시키실 때
나는 눈물이 나오려고 한다

아무도 모르게
봉사 활동하고 있을 때
등 뒤로 오신 선생님께서
머리를 쓰다듬어 주실 때
내 가슴은 터질 듯 기쁨이 넘친다

약 속

첫 번째는 주의
두 번째는 경고
세 번째는 알밤

나는
알밤까지는
겁이 나지 않는다

네 번째
선생님 말씀,
"너 내일 어머니 모시고 와"
오금이 저린다

🌸 내 마음 아시지요 🌸

"너 반장 선거한다는데
나가지 않을래?"
알림장도 보여드리지 않았는데
어떻게 아셨을까?

"훌륭한 사람이 되려면
어렸을 때부터 리더십을 길러야 하는 거야"
해마다 반장 선거가 있을 때마다
내 마음을 아프게 하는 엄마의 말씀

'반장은 아무나 하나
뽑아주어야 하지?'
개구쟁이 나
인기 없는 나
누가 뽑아주나?

엄마,
반장은 못 해도
심부름 잘하고

동생 잘 보며,
엄마를 최고로 사랑하는
내 마음을 알고 계시지요?

거 울

거짓말하고
거울을 보면
거울 속 나도
가슴이 두근두근
얼굴이 붉어져요

착한 일 하고
거울을 보면
거울 속의 나도 싱글벙글
거울은 내 마음을
잘도 알아요

화를 내면 되는 일이 없다

아빠가 화를 내면
우리 식구가 벌벌 떨고,
선생님이 화를 내면
우리 반이 벌벌 떤다

대장이 화를 내면
부하들이 벌벌 떨고,
임금님이 화를 내면
백성들이 벌벌 떤다

화를 내서
잘된 일은
옛날에도 지금도
하나도 없다
화를 내면 세상이
어지러워질 뿐이다

우체통

슬픈 소식
기쁜 소식
모두 다 알고 있는
우체통

편지 속의 비밀을
말할 수 없어
얼굴이 붉어진
빨간 우체통

끼리끼리

나무들은 나무들끼리
풀들은 풀들끼리

새들은 새들끼리
물고기는 물고기들끼리

꼬마들은 꼬마들끼리
어른은 어른들끼리
끼리끼리 모여서
끼리끼리 사는 세상

끼리끼리 모여 사니
정말 재미있다

내 필통

엄마께 꾸중 듣고
학교에 갈 때
조용
조용
선생님께 칭찬 받고
집으로 돌아갈 때
딸랑
딸랑
필통은 내 기분을 잘도 안다

내가 100점 받으면 신이 나서
딸랑
딸랑
90점 받으면
조용
조용
필통은 내 기분을 정말 잘 안다

찾기

눈 오는 날 잃어버린
강아지 찾기는
식은 죽 먹기다
발자국만 따라가면
금방 찾을 수 있으니까?

눈 오는 날 이른 아침
도둑 잡기는
시간문제다
발자국만 따라가면
곧 잡을 수 있으니까?

세상이 한번 바뀌었으면

세상이 한번 바뀌어 보면
얼마나 좋을까요?
하늘이 바다가 되고
바다가 하늘이 된다면,
반짝이는 별들은 조개가 되고
조개들은 반짝이는 별이 되어
세상은 정말 멋있을 거야

세상이 한번 바뀌어 보면
얼마나 좋을까요?
아이가 변화하여 어른이 되고
어른이 변화하여 아이가 되면
서로가 서로를 이해하여
명랑하고 밝은 사회가 될 거야

세상이 한 번만 바뀌어 보면
얼마나 좋을까요?

강한 나라가 약한 나라가 되고
약한 나라가 강한 나라가 되면
서로가 서로를 이해하여
전쟁이 없는 평화로운 세계가 될 거야

동그라미 그리려다

동그라미는 힘차게 굴러야 신이 난다.
그래서 난 동그라미를 그리고 싶었다.
그렇지만 난 동그라미는 그리지 못했다.
내 뜻대로 구를 수 있는 동그라미를…….

봄에는 꽃피는 들판을 달리고 싶고
여름이면 푸른 바다에 가고 싶었다.
가을이면 오색단풍이 든 산을 오르고 싶고
겨울이면 하얀 눈밭에 썰매를 타고 싶었다.

나는 파란 동그라미를 그리고 싶었다.

혼자서 굴러가다가 넘어져 무릎이 깨지고
손바닥이 갈라지고 손가락이 다칠지라도
혼자서도 지구 끝까지 굴러갈 수 있는
파란 나의 꿈 그 동그라미를 그리고 싶었다.

그런데 난 구르지 않는 세모를 그리고 말았다.
내 뜻대로 굴러가지 못한 세모를 그리고 말았다.
부모님의 뜻대로 안정된 세모를 그리고 말았다.
동그라미 그리려다……

세모를 그린 나…….

**이 글을 읽는 어린이들은 혼자서도 잘 구르는
동그라미 꿈을 가졌으면 합니다.**

2008
강공원 동시집
동그라미 그리려다

강공원　　　• 약 력 •

1948년 전남 무안 출생
1970년 목포교대 졸업
1996년 서울교육대학교 국어교육학과 졸업
1994년 '새교실' 시 3회 추천 완료
2000년 '생활시조사' 시조 신인 문학상
2002년 '어린이 문예' 동시 신인상
　　　　(어린이문화 진흥회)동시 신인상
2005년 시집 '내사랑의 중심' 출판
현재 성남장안초등학교 근무

기타 각종 잡지에 시, 시조, 동시 등 다수 발표함

강공원 시인은 평소 자연에서 생활체험을 통하여 시를
즐겨 쓰고 있으며 사랑과 그리움, 이상과 갈등 등 인간
본연의 감성으로 희망의 메시지를 전달하고 있으며, 특히
현장에서 어린들의 동심을 집어내어 다양하게 시의 세계
를 펼쳐 나가고 있다.

본 도서는 한국학술정보(주)와 저작자 간에 전송권 및 출판권 계약이 체결된 도서로서, 당사와의 계약에 의해 이 도서를 구매한 도서관은 대학(동일 캠퍼스) 내에서 정당한 이용권자(재적학생 및 교직원)에게 전송할 수 있는 권리를 보유하게 됩니다. 그러나 다른 지역으로의 전송과 정당한 이용권자 이외의 이용은 금지되어 있습니다.

동그라미
그리려다

• 초판 인쇄	2008년 4월 30일
• 초판 발행	2008년 4월 30일
• 지 은 이	강공원
• 펴 낸 이	채종준
• 펴 낸 곳	한국학술정보㈜
	경기도 파주시 교하읍 문발리 513-5
	파주출판문화정보산업단지
	전화 031) 908-3181(대표) · 팩스 031) 908-3189
	홈페이지 http://www.kstudy.com
	e-mail(출판사업부) publish@kstudy.com
• 등 록	제일산-115호(2000. 6. 19)
• 가 격	18,000원

ISBN   978-89-534-8688-1 93800 (Paper Book)
       978-89-534-8689-8 98800 (e-Book)